패밀리 사이즈 9

패밀리 사이즈 9

초판   1쇄 발행 2021년 6월 10일

지은이   남지은 글 l 김인호 그림
펴낸이   한승수
펴낸곳   문예춘추사

편집   이상실, 권민성
디자인   심지유
마케팅   박건원

등록번호   제300-1994-16
등록일자   1994년 1월 24일
주소   서울시 마포구 동교로27길 53 지남빌딩 309호
전화   02-338-0084
팩스   02-338-0087
블로그   moonchusa.blog.me
E-mail   moonchusa@naver.com

ISBN   978-89-7604-464-8 (04810)
          978-89-7604-244-6 (세트)

여섯 식구 만화가 가족의 일상 속으로!

시즌 2 · Family Size

패밀리 사이즈 ⑨

남지은 글 | 김인호 그림

문예춘추사

231 화

유자차

유자차를 좋아하는 혀니~!

설거지를 끝낸 후….

진심 아쉬운 남매~. ㅎㅎㅎ

쪽지

엄마에게 종종 쪽지를 건네는 아이들~!

션의 쪽지는 100% 예측 가능~!

하지만 혀니는 예측하기 힘든 쪽지를 주곤 하는데….

너무 피곤해서 빨리 자고만 싶은 어느 날 저녁….

마침 컵도 없길래….

얼른 자려고 후다닥 씻고 나온 엄마~!

화장실 문 앞에 메모를 붙여 놓은 혀니~!

미안해서 한 번 더 다독여 주고….

기절하듯 잠이 들었는데…

아침에 눈을 떠 보니…

일찍 일어난 혀니가 문 앞에 또….

그리하여
아침, 저녁 두 번 유자차를 획득한 혀니~!
^^

아빠랑 션은 외출하고 동생들은 집에서 소꿉놀이를 했는데….

웃음 참느라 힘든 엄마~!

아이들끼리 잘 놀길래 조용히 집 안을 정리하기 시작~!

그런데 갑자기 뚜가 방으로 뛰어가더니…

큰 이불을 들고 나옴~!

잠시 후 거실에 가 보니…

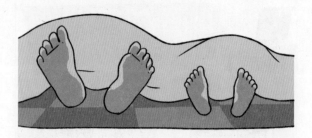

어느새 밤이 되어 자고 있는 한 가족이… ^^;;

232 화

버섯

버섯을 별로 안 좋아하는 뚜～!

버섯 두 조각을 남긴 채, 밥을 다 먹은 후….

벽에 붙이면 안 보일 줄 알았다고…. ^^;;;

아빠가 한동안 엄청 불렀던 노래… 〈좋니~〉

아이들도 어느새 가사를 다 외웠는데….

'가끔'이야…가끔… ^^

랄라의 '졸니~' 는 원곡과 좀 달랐다는….
^^…,,,

엄마의 키

30cm 자를 들고 온 랄라 양~!

자를 세워 엄마 얼굴을 잰 랄라 양~!

오늘의 정리! 엄마 키는 비싸다! ^^

중요한 문자를 하고 있던 엄마~!

문자를 주고받느라 따님의 요구에 곧바로 응해 주지 못했는데….

잠시 후, 따님을 살피니…

이미 삐친 그녀~!

살살 등을 긁으며 따님의 마음을 풀어 주었는데….

또 어려운 질문을... ^^...

제대로 설명이 된 건지 모르겠네~. ^^...

엄마랑 여동생 말에 몇 번을 왔다 갔다 한 혀니….

결국…

자리를 넓힌 후 동생 옆에 앉은 혀니~!

아~ 그 말이 하고 싶어서…? ㅎㅎㅎ

233 화

다툼

큰형이랑 싸우고 아빠한테 혼난 혀니~!

울면서 엄마한테 왔는데….

혀니를 다독이며 위로해 주고 있었는데….

자기한테 불리한 얘기 할까 봐 숨어서 듣고 있던 션~!

그런 말 안 했다니까 그러네…. ㅎㅎㅎ

요즘따라 '흐규~ 흐규~'거리며 이상하게 웃는 혀니~!

화장실에서 나가려고 하는데 말을 안 듣는 손잡이~!

웃음소리로 범인을 검거한 엄마~! ㅎㅎㅎ

변기에 앉혀 주자 바로 힘을 주는 따님~!

정말 힘겹게 말을 마친 그녀~!

문을 닫자마자 엄청난 천둥소리가~! ㅠ..ㅠ
우리 딸, 배 많이 아팠구나….

어느 날 궁금증이 생긴 뚜~!

한쪽 눈썹을 가위로 자른 뚜~! ^^;;; 못 말려~ 정말~!

날씨가 많이 풀린 날….

아...!

쩝쩝

형 말에 수긍한 듯, 열심히 과일을 먹기 시작한 혀니~!

빨리 먹고 마당에 나가고 싶은 혀니~!

랄라야~
오빠가 과일 한 개
남겼는데 네가 좀
먹어 줄래?

응?

오빠는 지금 4개
먹었어~ 네가 한 개만
먹어 줘라~

그럼 오빠한테
효도하는 거야~
알겠지?

응....

실컷 먹었던 랄라 양~!
배불렀을 텐데….

짭짭

오빠한테 효도하려고 한 개 먹어 줌~! ^^
ㅎㅎㅎ

234 화

결심

낮잠 자고 일어난 랄라 양~!

길어서 산발이 된 머리카락을 보니….

잘라 주고 싶다는 생각이….

태어나서 지금까지 열심히 기른 머리카락~!

그날부터 시작된 설득~!

하지만 싫다는 그녀….

며칠 동안 계속 설득하자….

미용실은 안 가겠다고 했지만….

어쨌든 자르겠다고 말한 따님!

밥을 먹이고 후다닥 아이들을 챙겨 미용실로 향한 엄마~!

무슨 상황인지 몰랐다가 미용실에 도착하자 당황한 랄라 양~!
진정시키기 위해 랄라 양이 좋아하는 만화를 틀어 주고

일단 시작은 엄마가…

자연스레 가운을 두른 후

만화에 집중했을 때 엄마와 원장님 자리 교체!

기증할 길이 약 33cm를 남기고 묶은 후 그 위로 커팅!

싹둑!!

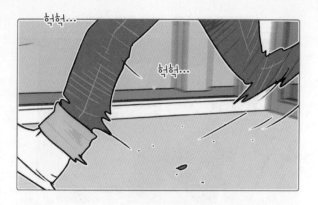

소식을 접하고 급히 달려오신 아빠….

다행히 단발머리가 마음에 드는 듯~!

동생 덕에 아이스크림을 획득한 허니~!

하지만 외출했다가 돌아온 큰오빠는…

아쉬움이 뚝뚝…. ^^;;

어린아이의 머리카락이라 양이 얼마 되지는 않겠지만…

소아암 친구들의 가발을 만드는 데에
조금이라도 보탬이 될 수 있어서 감사….

아들만 키우던 엄마 아빠에게 따님의 긴 머리카락은
설렘과 기쁨, 감동 그 자체였기에….

그게 또 고마워서… 뭉클~.

41개월의 랄라 양!

첫 기부, 성공~! 예~~!!

긴 머리
어디 갔어~

235 화

계절

꿈 얘기를 하다가 자연스레 계절 이야기를 하게 됨~!

물놀이 생각하면 여름이 좋고~
눈놀이 생각하면 겨울이 좋고~
다 그렇지···. ㅎㅎㅎ

머리카락 생각이 날 때면 한 번씩 물어보시는 따님~!

엄마 말씀에 수긍하심~! ㅎㅎㅎ

그날 이후 더 이상 묻지 않으시는 따님~ ^^

동생에게 알까기를 가르쳐 주려고 세팅을 끝낸 오빠~!

하지만 흥미를 못 느낀 동생…

게다가 쏟아진 바둑알…

크게 좌절한 아들 목소리에 후다닥 달려온 엄마~!

그렇게 좌절할 것까지야… ^^;;;

다른 방법으로 바둑알 놀이를 한참 한 후….

둘 다 대답은 잘했지만….

한 명은 정말로 치웠고 또 한 명은….

하나도 안 치우면서 힘들다고만…. ^^;;;

아이들은 그렇게 생각할 수도 있겠구나~ ^^
하하하….

뜨개질 책을 사러 서점에 간 엄마~!

그때 익숙한 목소리가 들림….

고개 들어 보니 계산대 앞에 랄라 양이 서 있음~!

엄마 닮아서, 수다가 줄줄줄… ^^;;;
(신경 쓰여서 책을 제대로 고를 수가 없었다…ㅋ)

또 한 번 좌절하는 혀니….

봄에는 깨어나는 자연의 생명들을 볼 수 있고
여름에는 물놀이를 하며 더위를 이길 수 있고
가을에는 풍성한 열매를 얻을 수 있고
겨울에는 눈이 펑펑 내려서 눈놀이를 할 수 있다는
이 당연하고 익숙한 일들도
어린아이에게는 모두 배움의 대상입니다.

아이에게 세상에 대해 하나하나 알려줄 때
집중하는 표정, 반짝이는 눈망울이 얼마나 순수하고
사랑스럽게 느껴지는지….

설명해 주면서 저도 세상과 자연을 다시 한 번
배우게 되니 참 좋습니다.

놀라운 일들이 가득한 세상…

신비한 자연…

그 중에 가장 놀라운 건…

바로 너~!

236 화

줄넘기

단체용 줄넘기를 산 아빠~!

오호~ 애들하고 하면 재미있겠다~.

공기 맑은 날 산책을 나온 김에 줄넘기를 했는데….

얘들아~ 여기서 하자~.

아직 줄넘기를 못하는 막내는 구경만 하다가….

아빠가 하시는 게 더 재밌어 보였나 보다~. ^^

~~~~~~~~~~ 기차 ~~~~~~~~~~

그러나 돌리지는 못하고…

옆으로 흔들어 물결 만들기만 가능~!

결국…

모두가 할 수 있는 기차놀이로….

줄넘기가 하고 싶었던 오빠들은…

막상 해 보니 기차놀이도 꿀잼임을 깨달음~! ㅎㅎㅎ
(제일 신나게 함)

즐거운 산책 시간~. ^^

2월에 스케이트 타다가 넘어졌던 엄마~! ㅠ.ㅠ

엉덩이가 너무 아파서 한동안 옆으로 누워서 잤는데
몇 주 지나자 다 나아서 넘어졌던 사실도 잊게 되었다~!

그런데 며칠 전 자기 전에 갑자기 울먹이는 따님….

울었다~ 웃었다~! ^^

어디서 또 엄마 얘기 하는 거 아닌지 모르겠다~. ^^;;;

낱말 카드

글자에 관심을 보이는 랄라 양에게
오빠들이 사용했던 낱말카드를 꺼내 주었더니….

매일매일 낱말 맞추기를 하고 하심~! ^^

즐거운 낱말놀이 시간~ ^^
(낱말카드만 있으면 1시간도 거뜬~.)

알면서도 그렇게 먹겠다고 하는 거야~~? ㅎㅎㅎ
할 때마다 설명이 바뀌어서 더 재밌는 낱말카드놀이~! ^^

칙칙
폭폭~~~

237 화

사진

오랜만에 디카를 꺼냈다〜!

다시 심혈을 기울여서 천천히…

하지만 누르는 순간 힘이 들어가며 또 심하게 흔들림~ ^^;;;

스마트폰으로 찍을 땐 곧잘 찍었었는데…^^,,,

사진 안 흔들리게 찍는 분들 천재!!! ㅎㅎㅎ

노래를 열심히 부르던 허니….

침을 잘못 삼켰는지 갑자기 기침을 했는데….

오빠의 모습을 보자…

순간 퀴즈가 하나 떠오른 랄라 양~!

엄마! 이 세상에서
노래 부르다가 기침하는 사람
이쯔까~ 안 이쯔까?
(있을까? 안 있을까?)

정답!
있다~!

맞혔어요!
딩동댕~.

귀여운 퀴즈 내는 사람 이쯔까~ 안 이쯔까~? ^^

온 가족이 함께 본 만화영화에서 아빠 캐릭터가 해골로 나왔는데….

만화영화를 본 이후….

랄라표 무서운 이야기의 포인트는 언제나 "뼈"! ^^;;;

엄마가 씻는 동안 옷 서랍을 뒤진 랄라 양~!

방에서 잠잘 준비를 하는데….

엄마 스타킹을 신은 랄라 양~

스타킹이 또 예뻐 보였나 보네~. ^^

어느 날 밤, 1년도 더 지난 옛 이야기를 꺼낸 랄라 양~!

혹시나 싶어 더 물어보려고 하자….

딱 끊고~ 급 취침 모드로···. ^^;;;

다음 날···.

음… 바나나
먹고 있었나?

푸핫~!

다 뻥이었구나! 우리 딸!
(전날 밤에 대답을 생각해 놓은 것 같음~!!)
흐흐흐

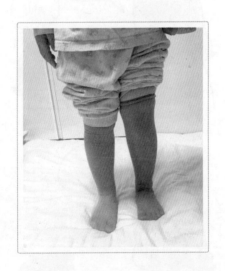

아쉬움

워터파크에서 신나게 놀고…

놀이동산에서 놀이기구도 타고…

마지막으로 갖고 싶었던 장난감까지 선물로 받았는데….

이게 꿈이라니…!

그날 하루종일 아쉬워한 션…. ^^;

갑자기 커서 경찰이 되고 싶다고 하는 따님….

나쁜 사람
잡고 싶어서요~.

랄라야~~
이다음에 오빠 집에 도둑 들면
랄라한테 전화할게~

응!
나만 믿어~!!

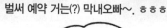

벌써 예약 거는(?) 막내오빠~. ㅎㅎㅎ

꼼짝 마~!!
경찰이다!!

털!

아니
나 말고
도둑을…

아무튼, 요즘은 막내가 오빠 셋 지켜줄 기세다~!

콧물

막내가 콧물 흘리면

휴지를 들고 재빨리 달려가는 친절한 큰오빠~!

하지만….

콧물의 규모(?)가 커지면….

동생의 홀로서기를 독려하는 큰오빠~! ㅎㅎㅎ

잠자리 인사를 하러 아이들 방에 들어갔는데….

냉랭~한 분위기….

말하다 보니 알아서 해결됨~! ^^

오빠들이 다섯 살 무렵일 때

이런 걸로 눈물 한 번씩 쏟아주곤 했었는데…
문득, 랄라 양도 이런 생각을 하려나 싶어서….

이제 곰곰이 생각하다가 눈물을 터뜨리려나~ 했더니….

그냥 안도하며 대화 끝~! ^^;;
심도 있는 대화는 좀 더 큰 다음에 다시….

가족은 선물…^^

239 화

그림

그림 그리기를 즐겨 하는 아이들~!

> 그런데 뚜는 혼자 있을 때 그림 그리는 걸 본 적이 별로 없는 것 같아~.

> 생각해 보니 그러네….

형이 그림 그릴 때만 그림을 그리곤 하는 뚜~!

그러니까 즐겁고 좋지만 재미는 없다는 건데….
그게 무슨 말이냐～～～ ∧⌣⌣

급하게 외출할 때면 가끔씩 빼먹는 일이 있는데….

바쁠 때면 종종 놓치게 되는 '막내 단장하기' ^^;;;

물어보면 미안해지는 엄마….

엄마가 볼 땐 그게 그거던데… 잘도 맞추는 동생들~. ㅎㅎㅎ

동생과 함께 노래를 흥얼거리고 있던 혀니~!

그리하여 아빠와 함께 노래를 부르기 시작….

혀니가 몰입하자 슬쩍 노래를 멈춘 아빠….

그리고 드디어 고음에 진입한 혀니~!

고음과 함께 터져 나온 트림~!!!

맑고 예쁜 목소리의 소유자 혀니의 노래!
트림이 다 망쳤다…^^;;
(웃느라 노래를 더 못 부름~ ㅎㅎㅎ)

따님은 망가진 장난감 카트를 보고 있었고…

엄마는 오빠들과 이야기하느라 바빴는데….

다급한 목소리로 엄마를 부르는 랄라 양~!

이거 보여주려고…. ㅎㅎㅎ
ᄊ…"

변! 신! 완! 료!

240 화

전날

엄마 말씀 잘 듣는 우리집 큰아들!
다음 날 실컷 놀기 위해 일찍 잠이 드셨답니다~! ^^

좋아하는 거… 맞지? ^^

그리하여 아침에 눈뜨자마자 그림을 그리기 시작한 아빠~!

'히, 힘들다…! ㅠ..ㅠ'

'그냥 장난감을 사줄 걸 그랬나…?'
조금 후회…? ^^;

그림 선물 받는 것을 시작으로…
물총놀이! 농구 시합! 애니메이션 한 편 보기!
비눗방울 놀이 등등~

하루 종일 아이들과 신나게 놀아 준 아빠~!

저녁이 되니 너무나 피곤한 어린이~. ^^;

어떻게 알고~ 아빠에게 새 힘을 주신 따님~! ^^

어린이날, 손주들 장난감을 사 주라고 현금을 입금해 주신 할머니!

덕분에 저녁 먹고 느지막이 장난감 가게에 들렀는데…

요즘 부쩍 시간을 묻던 랄라 양은 장난감 시계를 고름~!

하루 종일 들고 놀던 그림은 잠시 아빠에게 맡기고~

본격적인 시계 놀이~!

집에 들어가는 길 차 안에서 잠이 솔솔~

잠 깨라고 일부러 시간을 묻는 아빠~!

잠이 와서 시큰둥해진 답변…. ㅎㅎㅎ

잠시 후 다시 묻자….

아침부터 신나게 놀았던 아이들~!
밤이 되니 그저 푹~ 자고 싶은 생각만…. ㅎㅎㅎ

다행히 잠든 사람 없이 집에 무사히 도착~!

걸을 때마다 불빛이 나오는 랄라의 신발이
어둠 가운데 반짝였는데….

하지만….

랄라가 늘 맨 뒤에서 걷는다는 게 함정~! ㅎㅎㅎ

어린이날은 평소보다 늦게 잠이 들었다～!

참 사랑스러운 어린이들….

문득, 이렇게 사랑스러운 어린이가 넷이나 있다는 게 감사….

아! 다섯인가…? ^^;

어린이 여러분~
모두 즐거운 어린이날이었기를 바라요~!
^^

241 화

개구쟁이

팔을 벌리면… 간지럽히고 싶은 본능이~! ^^;

ㅎㅎㅎ 잘 알고 있네~! ^^

박또진 선생님께 받은 어린이날 선물,
마음에 쏙 드는지 하루 종일 들고 다닌 랄라 양~!

저녁 산책을 할 때도 가지고 나왔는데….

한쪽 신발을 벗긴 순간 조금 휘청거리더니….

장난감 상자로 엄마 얼굴을 후려친 따님…. ㅠ.ㅠ

사람도 많았는데….

얼굴보다 마음이 더 아픈 엄마…. ㅠ.ㅠ
(창피할 뿐이고~. ㅎㅎㅎ)

한쪽 손으로 코를 잡더니….

어디서 보긴 했구나~! ^^
조금은 다른 랄라의 코끼리~. ㅎㅎㅎ

고심

치과놀이 장난감을 가지고 놀고 있던 랄라~!

오빠의 단호함에 잠시 침묵이 이어짐….

오빠랑 못 노느니 오빠 의견을 따르기로…. ㅎㅎㅎ

재밌게 미용실 놀이를 했답니다~.

아래층에서 문 소리가 들려서 잠이 깬 엄마~!

시간을 보니 새벽 5시 50분~!

낮에 문득 그 일이 생각나서 남편에게 물어봤는데….

듣다 보니 무서워진 막내오빠~. ㅎㅎㅎ

웃으며 말했지만….

아직도 무서운 막내오빠~! ㅎㅎㅎ

그나저나 누가 그랬을까?
잘못 들은 건가?

아이들이 실수로 엄마, 아빠를 아프게 할 때가 있습니다.
달려오다가 머리로 얼굴을 박아서 코피를 쏟게 하거나
고개를 들다가 눈을 들이박아서 피멍과 함께 별이 보이기도 해요.
잠투정 부리다가 손톱으로 긁어서 피가 나기도 하고
머리채를 잡히기도 합니다.
정말 웃픈 일이에요~ 하하~.

이렇게 아이가 실수로 고통을 주었을 때는
아프기는 해도, 쉽게 용서해 줄 수가 있지요.

문제는 아이가 일부러 잘못을 저지른 것 같을 때…
일부러 부모에게 고통을 주는 것 같을 때…
그럴 때는 용서가 쉽지 않은 것 같아요.

사랑과 귀여움을 한 몸에 받던 어린 시절이 지나가고
소위 사춘기라 말하는 시기가 왔을 때…
코피가 나고 피멍이 들고 머리채를 붙잡히는 고통과는
또 다른 고통을 주기 시작할 때…
그때 자녀를 어떻게 품어 주고 용서해 주고
가르쳐 줘야 하는지 깊은 고민이 필요한 것 같습니다.

청소년기에 접어드는 아이를 보며
아이가 자랄수록 엄마 공부도 더 깊어져야겠다는
생각을 많이 하게 됩니다.

다 키우신 분들, 존경해요, 정말~!

242화

세 명

정말 오랜만에 피자집에 간 우리 가족~!

157cm 큰아드님~ 멀리서 보니 정말 어른 같아 보이네~!

큰아들

폭풍 성장을 하고 있는 큰아들~!

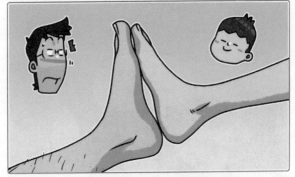

발 크기도 아빠랑 비슷해졌고…

엄마랑 나란히 걸으면 친구 같은 느낌이 물씬~!

식당에서 어른이라 오해받을 만도…. ^^;;;

언제 이렇게 컸는지….

두꺼운 책도 이야기에 빠져 뚝딱 읽어 내고~!

잠자는 시간도 아까워하며 자기 할 일을 하는 션~!

(션의 자기 할 일=그림 그리기! 공부는 절대 아님…. ㅎㅎㅎ)

꼬꼬마 시절이 아직도 눈에 선~ 한데….

어느덧 10대가 되어 달라진 면모를 보여주는 큰아들….

아빠! 저 아빠랑 발 크기 똑같아지면 아빠 쪼르단 운동화 주시기로 한 거 잊지 마세요~!

아악~~! 그날이 이렇게 빨리 다가올 줄이야~~~!
(아빠는 후회중~ ㅎㅎㅎ)

불만

뚜 오빠랑 가위바위보 놀이를 자주 하는 랄라~!

가위가 좋아서 가위만 내는 랄라~!

주먹만 내는 뚜 오빠 때문에 불만이 쌓이는 랄라~.
ㅎㅎㅎ

~~~~~~~~~~ 한탄 ~~~~~~~~~~

클레이 놀이를 하고 있던 랄라~!

엄마~!
공이 잘 안 돼요~.

아~
공 만들 거야?

이렇게 많이 꺼내면 안 돼~
손이 작으니까 클레이도 조금만 꺼내서
이렇게 손바닥에서 굴리면 돼~!

큰 공
만들고 싶어요~.

그럼 엄마가
동글게 해줄게~.

네~

가만히 엄마 손과
자기 손을 쳐다보더니….

에휴~
난 왜 아긴 거야….

한탄 아닌 한탄을…. ㅎㅎㅎ

꼬리

가만히 엉덩이를 보던 랄라~!

토끼를 좋아하는 랄라! 토끼를 닮고 싶다고···.ㅎㅎㅎ

하얀 털에 귀여운 귀~!

하얀 털에 귀여운 귀~!

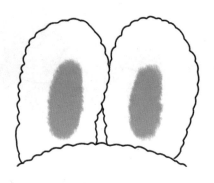

짝순!!
넌 이제부터
토끼다~!

알겠지?

…

멍.칫.뿡!

잭슨 귀를 위로 올리면 정말 귀엽답니다~.
ㅎㅎㅎ

243 화

무서운 얘기

동생의 말에 긴장한 막내오빠!

겁 많은 셋째오빠를 위해 무서운 이야기는 하지 않기로 결정~!
(은근히 궁금해지는 랄라표 무서운 이야기…. ㅎㅎㅎ)

(랄라의 발음 그대로… 듣고 상상하는 아빠~)

따님의 이야기를 만화로 승화시킴~!

유난히 큰 목소리로 대답한 랄라~!

칭찬 한마디 했더니….

갑자기 팔을 흔들며 내려오심~
양치도 평소보다 더 씩씩하게 했답니다~. ㅎㅎㅎ

큐브를 즐겨 하는 뚜~!

하지만….

한 면 맞추기밖에 못한다는 슬픔이…. ^^;

그래서 본격적으로 코치(?)를 받기로 한 뚜~!
큐브 맞추는 동영상도 보고….

큐브 잘하는 중학생 형한테 물어보기도 하고….

화장실에서 만나서 한참을 안 나옴…. ㅎㅎㅎ

그래도 쉽지 않은 큐브 맞추기!

익!익!
될 거 같은데
안 되네~.

그렇게 설명서를 보며 계속해서 도전한 뚜!

우리집 최초!
큐브 맞추기에 성공한 뚜~!

오랫동안 씨름한 만큼
가족 모두에게 큰 기쁨이 되었다～!!

그리고…

다시 섞을지 말지～ 한참을 고민한 뚜….

고민 끝에 큐브를 섞었는데…

한번 성공했으니까 또 할 수 있을 거야~!
뚜, 파이팅~!!

뚜의 성공으로 큐브 바람이 불기 시작하는 우리 집…^^;

244화

장난

형이 화장실에 들어가면…

동생이 끄고….

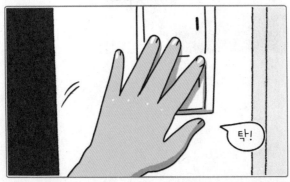

탁!

동생이 들어가면 형이 끄고….

삼형제의 돌고 도는 불끄기 장난~!

막내도 배우셨다…. ㅠ.ㅠ

운동할 겸 집 안에 철봉을 설치해 두었는데….

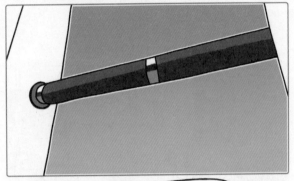

얘들아~!
철봉에선 장난하면
안 돼~! 그리고
한 명씩 매달려야지!

네~~

철봉 할 때 규칙을 어기고 종종 장난을 치는 뚜와 혀니~!

웃샤~!

어느 날 뚜가 철봉에 매달려 있었는데….

짝짝짝!! 또 장난치는 소리가….

돌아보니 남편이 뚜랑 손들고 서 계심…. ㅠ..ㅠ

방귀

큐브 하는 뚜 오빠가 신기한 듯 바라보며 다가온 랄라~!

그때 갑자기 크게 방귀 소리가 났고….

능청스러운 연기를 하는 뚜~!

아직은 속아 주는(?) 막냇동생~!

마지막으로 뛴 혀니~!

자기 키보다 멀리 뛴 혀니~!

당황한 형님들….

혀니를 이겨 보겠다고 계속해서 뛰셨으나…실패!
보기에 안쓰럽기만…^^;;;

의외

산책 후 간식 시간에….

자기 음료수를 다 마신 혀니~!

슬쩍 보니… 랄라의 음료수는 아직 많이 남아 있었고~

말도 안 하고 랄라의 음료수를 자기 컵에 조금 따른 혀니~!

그러자 갑자기….

동생의 의외의 반응에 깜짝 놀란 혀니~!

그런데 왜 고맙다고 한 거지…?

245 화

사과장사

할머니 목소리로 사과를 사라고 하는 랄라~!

하지만 그녀가 준 것은…

이런 절차가…. ^^;;;

위기감을 느낀 큰오빠~! ^^;;

사명감

집 안에서 모기를 발견하면 꼭 잡아야 하는데….

모기 잡는 실력이 나날이 발전하고 있는 엄마~!

벌레를 잡을 때 팁 하나~!

잡을 수 있는 절호의 기회! 놓칠 수 없어!

눈살을 찌푸려서 초점을 흐릿하게 한 후….

탁!!

손 닦으면 되지 뭐~.

맨손으로 잡은 거야? 대단한데?

엄마라는 사명감 하나로 잡는 거야….

손을 다 닦을 때까지도 눈살은 찌푸리고
초점은 흐릿하게 유지된다~! ㅎㅎㅎ

2층 방에서 막 잘 준비를 마친 오빠들~!

덜컹!

오빠~
물 마시러 가자!

자기 전에 오빠랑 물 뜨러 1층에 내려가곤 하는 랄라~!

랄라야~
어느 오빠랑
가고 싶어?

으음...

애~써~외~면~

당첨되는 순간 저절로 터져 나오는 탄식…. ^^;

이왕 하는 거, 기쁜 맘으로~! ^^

꽃보다 랄라~

246 화

껌

차 타고 이동하다 보면

자연스레 밀려오는 잠…

하~~암

졸음을 쫓으려 껌을 씹은 엄마~!

잠든 줄 알았더니 껌 냄새 맡고 눈을 뜬 랄라···.

후훗~ 할 말 없지?
(졸리면 자면 되고…얼마나 좋으니~)

선풍기 앞에서 노래 부르기를 즐기는 랄라~

잠자코 듣고 있다가 갑자기 점수를 매긴 뚜~!

자기가 같이 불러서 후하게 점수를 준 것 같음…. ㅎㅎㅎ

마트 갈 때마다 하는 말….

장난감 사 달라고 할 때마다
생일날 사기로 하고, 잘 참고 기다리고 있는 랄라~!

그랬더니 요즘엔 눈만 뜨면….

잘 놀다가도…

문득 문득 생각나는지….

글쎄, 아니라고~ ^^;;
두 달만 더 기다려~ 딸! ㅎㅎㅎ

오후 시간이면 공원으로 출동하는 우리집 남자들~!

어느 날, 뚜의 패쓰를 받던 아빠~!

시작 10분 만에 허리 부상… ㅠ..ㅠ

축구교실 문 닫음!

4년 뒤에 다시 오픈하는 걸로? ㅎㅎㅎ
(다행히 한 주 지나고 쾌차~! ^^ 아빠들~! 살~살~ 합시다~!)

아이들이 좋아하는 간식들.
껌, 과자, 아이스크림, 음료수…
엄마도 원하는 대로 펑펑 주고 싶은데….
시중에 파는 간식에는 몸에 해로운 성분이 많이 들어 있습니다.

식품첨가물에 대해 조금 공부했더니
시중에는 사 줄 수 있는 간식이 아무것도 없더군요…ㅠ..ㅠ

첫째가 어렸을 때 아토피로 고생했고,
둘째는 비염으로, 셋째는 알레르기로 고생했을 때…
내가 먹인 음식에 문제가 있었던 것 같아
엄마로서 미안함이 컸었기에…

어렸을 때까지 간식을 많이 제한하는 편이었고
지금도 어느 정도 제한을 하고 있습니다.

가끔 느슨해진 마음에 이무거나 먹이다가도
문득 문득 정신 차리고, 다시 좋은 것을 먹이려고 노력하고 있어요.

좋은 음식을 먹이려면 준비와 과정에 많은 수고가 들어가지만
사랑하는 마음으로 기꺼이 수고스러운 간식을 준비하는
그런 엄마가 되고 싶습니다….

247 화

낮잠

낮잠을 졸업한 오빠들~!

하지만 어렸을 땐, 낮잠이 필수였는데….

아이들의 건강을 위해서도 낮잠은 필수지만…

엄마 아빠의 자유시간(휴식)을 위해서도….
(라고 시즌1 때도 말씀드렸던 것 같다~^^;)

천국이다~ 천국~!

이제
10분
남았어…

그런데 요즘 랄라는…

하암~~~

종종 낮잠을 거부하고 있다~!

그런 날은 낮잠을 건너뛰기도 하는데….

막내가 안 자는 날엔
조용한 커피 타임이 영~ 아쉽네~. ^^;

약 1년 만에 스승님을 뵈러 가는 길~!

> 선생님~
> 지금 출발했어요~
> 1시간 후에 도착해요~.

> 오냐~ 조심히
> 오너라~.

따뜻하시고 재밌으신 우리 스승님~!
오랜만에 얼굴 뵐 생각에 기분이 들떴는데….

> 얘들아~
> 이두호 할아버지
> 오랜만에 뵈러 가니까
> 참 좋다! 그치?

> 네~~

> 앗!!

> 좋아요~~

욕실 슬리퍼를 신고 나온 랄라~!
막내의 신발 체크를 깜빡하고 말았네~. ^^;;;

궁금한 것이 많은 아이들~!

반갑게 맞이해 주신 스승님~! ^^

작년에 왔었지만 기억이 안 나는 랄라~
처음 온 곳처럼 구경했는데….

할아버지 집이(?) 이상해 보였나 보다~. ㅎㅎㅎ

아들의 날카로운 질문!

다행히 잘 넘겨주신 스승님~. ㅎㅎㅎ

질문드리라고 했더니… '뭘 드리고 싶은지'로 잘못 이해한 듯~!

다 같이 근처 갈비탕 집으로 이동~!

가만히 스승님의 얼굴을 바라보던 랄라~!
엄마 귀에 소곤소곤~

그러고 보니 동화책(피노키오)에서 본
제페토 할아버지와 닮으신 것 같기도…. ㅎㅎㅎ

갈비탕

엄청 큰 뼈다귀가 2개씩 들어 있는 갈비탕!

아이들도 커다란 뼈를 보니 신기함~!
잘 먹고 나왔는데….

왕 뼈를… 씻고 물기까지 닦아서 들고 나온 뚜~!

짧은 시간이었지만 얼굴 뵈어서 기뻤어요~!
이두호 선생님! 오래오래 건강하셔요~. ^^

그날 밤!!
스승님이 해 주신 이런저런 이야기들 덕분에
열정과 의욕이 샘솟은 우리 부부!

부끄럽지 않은 제자가 되도록 노력할게요!!
^^

248 화

한복

추석에 한복을 입은 랄라~!

엄마 말씀대로 치마를 잡아 올린 후 천천히 계단을 오른 랄라~!

하지만 너무 많이⋯ 엉덩이 위까지 둘둘 말아 올리심~. ^^;;

안전제일 랄라! 넘어지지 않고 한복을 잘 소화시킨 하루였다~!

감기

추석이 오기 전… 감기로 이틀을 고생한 션….

션이 나을 즈음, 랄라가 아프기 시작하더니…

추석 연휴 첫날에 뚜가 아프기 시작~!

목 아파요…   코도 막히고…

새벽에 울면서 엄마 곁으로 온 뚜~!

새벽에 깼으니 화장실이 생각났는데….

뭘 하는지 한참 후에야 돌아온 뚜~!

화장실 거울만 보면 물 묻혀서 멋 부리는 게 습관이 돼서….

형의 소망에 기분이 좋은 뚜….

그런데 하필 그때 전화가….

금방 끊으실 줄 알았는데….

점점 길어지는 할아버지의 전화 통화….

그래도 용돈 타겠다고 끝까지 줄을 서 있던 아이들…. ㅎㅎㅎ

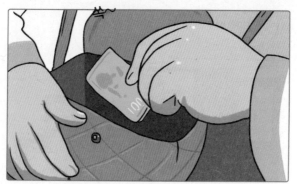

용돈을 받자, 자기 가방에 쏙~ 넣은 랄라~!

저녁에 슬쩍 뺐다가 들켜서 랄라를 울린 엄마 이야기는 비밀! ^^;

두 살 어린 사촌 동생 하온이와 엄청 잘 노는 랄라~!

카트와 유모차를 끌며 한참을 놀았는데….

놀다 보니 유모차가 탐이 난 랄라~!

스윽~

하온아~ 언니랑
바꿔서 놀까?

겸연쩍어하는 랄라 모습이 참 귀여웠다…. ^^

(허니는 형들에게 조금 배운 것 같았고…)
일곱 살 민준이가 장기를 둘 줄 안다고 해서 깜짝 놀람~!

장기 알을 판 위에 하나씩 올려놓은
민준이와 허니~!

알고 보니 세팅만 가능~! ㅎㅎㅎ

추석에 큰집에서
윷놀이를 한 판 신나게 했던 아이들

그날 밤, 이동하는 차 안에서 아이들 모두 잠이 들었는데….

갑자기…

벌떡!

윷이에요?

!!

잠꼬대로 큰 웃음을 준 뚜~. ^^

오랜만에 뭉친 팔 남매!
덕분에 엄마 아빠는 또 하얗게 불태웠답니다~ >..<

249 화

경고

아침에 일어나 주방에 내려갔는데….

잠시 후 주방으로 내려온 뚜~!

얼마 지나서 또 확인….

테이프를 붙여 놨길래 일부러 안 건드리고 있던 엄마~!

뭔지 물어본다는 걸 깜빡 깜빡하고 지나쳤다가….

저녁이 되어 접시를 확인하니….

지인에게 젤리 만들기 선물받은 거 몰래 만들고 있던 뚜~.

션아~ 션아~

어디선가~ 누군가가 부르는 소리가 들렸다고….

2층 화장실에서 들리는 아빠 목소리~!

문고리 고치다가 문이 잠겨서 갇혀버린 아빠~ ^^;;

엄청 뿌듯해 한 션~! ^^
누군가에게 도움을 주었다는 건 참 뿌듯한 일~!

끼아아아아!!

끼아아아!!!

진짜 무서웠겠다!

ㅎㅎㅎ 역시 막내아들~! ^^

욕심

종알종알~ 혼자서 인형놀이를 하고 있는 랄라~!

조용히 듣고 있었는데….

단풍

어느 날 숲속 길에서….

250 화

바둑

바둑 시합 중인 션, 뚜~!

보통은 한 번씩 이기고~ 지고~ 하는데….

근래에는 2주 연속 뚜가 계속 이김~!

다 봤단다, 션아….

체육대회 때 사용할 상품을 사러 문구류 도매점에 갔는데….

다행히 500원짜리 장난감을 고른 랄라~!

엄마를 계속 따라다니며 한 개만 사달라고 사정하는 혀니~!

예전에 샀던 물건들이라, 안 된다고 하려고 했는데….

1000원?

착한 가격에 마음의 장벽이 허물어짐~!

그래~ 알았어! 사 줄 테니까 잘 가지고 놀아야 돼~.

네! 예~~!

스윽~

어머니~ 전 이거….

뭐야~ 넌 필요한 거 없어서 안 산다며….

생각해 보니 이게 필요해서요…. 하하~

긁적 긁적

결국 넷 다 한 개씩 득템~!
(착한 가격~! 고마운 도매점~!)

뚜와 허니의 운동화가 너무 낡아서 신발가게에 갔다~!

> 너무 비싼 건 고르지 말고~ 적당한 가격 선에서 마음에 드는 디자인으로 골라 봐~.

한참을 살펴보다가 한 개를 고른 뚜~!

> 아! 사이즈가 없어서 주문 하셔야 돼요~.

> 아, 네….

> 그럼 다른 거 고를게요….

다시 이것저것 살펴보고 있는데….

랄라를 돌보며 의자에 앉아서 기다리고 있던 션~!

형의 말을 인정했다가….

다시 생각하니 자존심이 상하는지 말 바꾸는 뚜~!

오전부터 갑자기 천둥소리와 함께 비가 쏟아짐~!

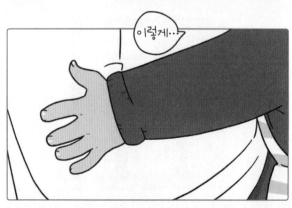

안겨서요….

엄마 품에 쏙~ 안겨서…
엄마를 지켜준 고마운 딸~!

콰콰쾅!!

엄마!!

지켜준다는 말 안 했으면
무서워서 안긴 거라고 오해할 뻔했네~!
ㅎㅎㅎ

제가
지켜드릴게요~.

아이들이 승패에 연연하는 것은 당연한 일입니다.
게임 자체를 즐기라고 아무리 말해도
일단은 이겨야 기분이 좋기 때문에
아이는 기를 쓰고 이기려고 하지요~.

또한 지켜보는 사람 역시, 이기라고 응원을 합니다.
승리를 향한 그 과정에 최선을 다하라는 의미지만…
결국 승패의 결과를 맞이하게 되는 건 피할 수 없는 현실!

게임이나 경기에서 패했을 때 느끼는
불쾌함과 억울함, 부끄러움 등의 감정은
때로는 분노로 표출되기도 하고, 눈물로 표현되기도 합니다.

하지만 반복되는 경험을 통해
아이는 스스로 깨닫게 됩니다.

괜찮다고…

승리의 기쁨도 잠시일 뿐이고
패배의 아픔도 잠시일 뿐이라는 것을 깨달으며
아이는 경험을 통해 조금씩 성장합니다.

평소에 더 자주, 더 많이 이야기해 주세요~!

괜찮아~ 잘했어~!
정말 잘했어!

다행

외출 준비를 마치고 차에 탄 엄마~!

엄마 물건이 안 보이면 긴장하는 아이들~!

심부름할까 봐 긴장했던 아이들….
휴대폰 찾으니 더 기뻐함~! ^^

속눈썹

밥을 먹다가 맞은편에 앉은 혀니를 본 누나들~!

우리집에서 속눈썹이 제일 긴 혀니~

누나들 관심에 살~짝 당황한 듯…!

엄마를 슬쩍 부르더니…

들릴 듯 말 듯 작은 목소리로….

엄마 말씀을 듣고 나자 안심한 듯~. ㅎㅎㅎ

숫자

요즘 들어 계속 숫자를 알려주고 있는 엄마, 아빠~!

하더니 도망가버림…. ^^;;;

동물 프로그램을 보고 있던 혀니~!

엄마! 엄마!
어떤 강아지가 있는데
엄청 똑똑해요!

어~

주인이 말하면
말한 물건을
다 가지고 오고

문제를 냈더니
그것도 다 맞혀요~
천재 개래요~ 천재!

그, 그래….

같이 보고 있는데….

다른
전문가 선생님들도
다 깜짝 놀랐대요!

어~

왜 계속 엄마에게 설명해 주는 걸까? ^^;

혀니의 일곱 돌 생일인 토요일 아침~!

생일날 계획을 미리 적어 둔 혀니~!

형들과 협의해서 같이 짰다고…. ㅎㅎㅎ

일정대로 생일을 보내고 저녁이 되자….

생일날 밤마다 나오는 한탄이 또…. ^^;;

아침부터 동생에게 같은 말을 여러 번 강조한 허니~!

오후쯤 형들과 의견이 나누어졌을 때….

오빠 생일이라고 하루종일 편들어 준 착한(?) 동생~! ㅎㅎㅎ

7년 전….

252 화

선처

얇은 머리빗을 구석에서 찾아낸 혀니~!

그런데 잠시 후 세면대 옆에서…

촘촘히 잘린 머리빗 조각들이 발견됨~!

큰형의 진지한 말투에 웃음이 터진 엄마~!

그렇다면 큰오빠가 큰언니 노릇도 해 주는 걸로~. ㅎㅎㅎ

함께 책을 읽는 시간, 돌아가면서 조금씩 나눠 읽고 있었는데….

뚜가 읽을 차례….

가끔은 글자가 반대로 읽히거나 이상하게 읽힐 때가 있다~.

ㅎㅎㅎ

준비물

색연필, 30센티 자, 커터칼 등 모임에서 준비물이 많았던 날~!

> 애들아~ 시간 됐다~! 준비물 챙겨서 나가자~.

> 형아~ 형아~ 오늘 준비물 뭐였지? 좀 알려줘~.

> 어, 준비물이 뭐냐면…….

> 네 정신과 몸!

짝!!

듣고 있으면 '피식~' 하고 웃게 되는 션의 유머~. ㅎㅎㅎ

오빠들처럼 글씨를 쓰고 싶은 랄라~!

종이에 이름을 써 줬더니….

다음 날~!

어제 한 번 가르쳐 줬는데 그새 자기 이름을 외운 랄라~!

자기 이름만 반복해서 쓰던 랄라~!

자신감 뿜뿜 랄라!

다음 날~!

글씨 뒤집어 쓰기~! 이건 필수 과정인 듯~! ㅎㅎㅎ

오빠들~ 랄라 한글을 부탁해~~.

날씨

날씨가 추워지긴 했지만 정오엔 좀 풀린 것 같았는데….

아이들도 춥지 않은지 차 안에 겉옷을 벗어두고 내림~!

엄마 질문에 대답 없는 션~!

큰아들, 이 다 부서지는 줄…. ㅋ

낮에도 겉옷은 잘 챙겨 입으세요~! ^^

이불

밤공기는 벌써 한겨울 같은 요즘~!

이불 발로 차고… 안 덮으신다더니 5분도 안 돼서….

밤에 정말 추워졌어요! 감기 조심하세요~~~!!

무심코 내뱉은 션의 멘트에… 엄마는 옛 생각이 떠오르고….

보내기 싫으면 헤어지지 말자~!
헤어지기 싫어서 여기까지 왔네~! ㅎㅎㅎ

─── 나이 ───

엄마 생일날 아침에 눈뜨자마자 축하를 해 준 따님~!

엄마 생일인데 왜 네 나이를…. ^^;;

엄마 생일~ 우리 가족 모두의 생일~. ^^

집 근처에 새로 생긴 반려견 공원에 잭슨을 데리고 갔는데….

마침 사람이 없었다~!

와~
우리밖에 없네~!

잭슨!
뛰어!!

다다다다!

이것저것 시도해 보는 아빠~!

망설일 때는 간식을~!

잭슨 대신 아들들이 순종···. ㅎㅎㅎ

그렇게 잭슨과 함께
신나게 뛰어놀며 즐거운 하루를 보낸 아이들~!

집에 돌아오니 다섯 모두 뻗으셨다~. ㅎㅎ

눈사람

요즘 눈사람 그림을 자주 그리는 랄라~!

혀니도, 아침에 눈뜨자마자 엄마 방에 오더니….

쌀쌀해지니… 아이들은 벌써 눈 오기만을 기다리고 있다~!

간식과 옷가지를 이웃에게 전달하려고 가는 길에….

유심히 초코빵 상자를 쳐다보던 뚜….

'아홉' 다들 보이시죠? ^^

254 화

고민

친구랑 만나서 신나게 뛰놀고

집에 돌아가는 길….

갑자기 우울해진 랄라….

아… 그런 깊은 고민이…. ^^;;;

아파트

창밖을 보던 랄라….

밤에 엄마가 누워 계시면….

종종 아들들이 교대로 흰머리카락도 뽑아 주고….

다리 마사지도 해 주곤 하는데….

어느 날 또 로션을 챙겨서 엄마 곁으로 온 혀니~!

바지부터 둘둘 말아올려 주고….

로션을 듬뿍 바른 후 능숙하게 마사지를 시작한 혀니~!

그날따라 유독 열심히 주무른 혀니~!

그날 이후 마사지를 안 해 주는 혀니… ㅠ..ㅠ
엄마가 잘못했다~ 다리 깨끗이 씻을게~ 돌아와~~.

오빠들이 만든 색종이 아연맨 손가락을 끼고 온 랄라~!

감출 수 없는 오빠 셋의 흔적…. ^^;;;

2~3천 원을 넣으면 장난감이 나오는 뽑기 놀이 기계~!

마침 오빠들만 아빠랑 놀러간 상황이라 마음이 약해진 엄마~!

돈을 넣는 순간부터 설레기 시작한 따님….

엄청나게 행복해 보이심….

뜨고 싶은 마음을 꾹 참고 집까지 소중하게 들고 오심~!

하지만….

딱～ 열기 직전까지만 행복한… 뽑기 장난감～! ^^;;;

그래도 재밌게 노셨음～! ^^;

만우절 같았던 날!
아니, 만우절 거짓말이라고 믿고 싶었던 날!

마감 날이었기에, 오전 내내 원고 작업을 했어야 했는데…
아침부터 아이들 방에 물난리가 나서 해결하고 치우느라
정신이 없었죠~.
결국 휴재를 했어요~.

남편의 아킬레스건이 끊어졌을 때,
바닷가에서 놀다가 발바닥 부상을 입었을 때,
허리 디스크 파열로 입원했을 때,
몸살로 앓아누웠을 때…
이렇게 아프거나 병이 생겼을 때에만 휴재를 했었는데
물난리가 나서 휴재를 한 것은 처음 있던 일이었어요.

다행히 걱정해 주신 독자님들 덕분에
원인을 찾아 잘 마무리할 수 있었습니다.

살면서 놀라거나 급작스러운 일을 만나기도 하고
예상 못한 어려움에 처하기도 하는 게 인생인 것 같아요~.

그럴 때마다 우리 독자님들의 격려 기억하면서
힘낼게요~! 아자아자 파이팅!

미운 아기 오리

동화책을 보고 있던 랄라~!

아는 글자가 보이니 더듬더듬 읽었는데….

미… 운…

아… 기…

오… 리…

인형놀이하시던 따님….
갑자기

푸하하~ 네가 부러워할 줄이야…. ^^;;;

왜일까? ㅎㅎㅎ

질문

원고 쓰다가 에피소드 한 개 분량이 부족했는데….

계절에 맞게 얇은 내복을 사 줬더니 좋아하는 랄라~!